# DISCOURS
## PRONONCEZ
# DANS L'ACADÉMIE
## FRANÇOISE

Le Jeudi vingt-cinquiéme de Novembre MDCC XXIII.

### A LA RECEPTION

### DE MONSIEUR L'ABBÉ D'OLIVET.

ALPHA ET OME: GA

PRINCI PIUM ET FINIS

A L'IMMORTA LITÉ

### A PARIS,

De l'Imprimerie de JEAN-BAPTISTE COIGNARD, fils,
Imprimeur ordinaire du Roy, & de l'Académie Françoise.

### MDCCXXIII.

*AVEC PRIVILEGE DE SA MAJESTE.*

MONSIEUR L'ABBE' D'OLIVET,
ayant esté élu par Messieurs de l'Académie
Françoise, à la place de feu Monsieur DE LA
CHAPELLE, y vint prendre séance le Jeudi
vingt-cinquiéme de Novembre 1723, & prononça le
Discours qui suit.

ESSIEURS,

    Tout ce qu'inspire la plus juste reconnoiſ-
ſance, je voudrois pouvoir l'exprimer dans
ce moment; & je le pourrois en effet, ſi l'on

fuccédoit ici aux talens, comme aux places de fes prédéceſſeurs.

Vous me déférez celle d'un Académicien, qui excelloit dans l'art de la parole. Avec quel éclat fe montroit-il dans ces occafions brillantes, où le fort, en le mettant à la teſte de cette illuſtre Compagnie, le chargeoit de parler en voſtre nom? Aux graces de fon difcours on reconnoiſſoit le rival de Catulle & de Tibulle. On y admiroit cette élégance, cette magnificence de ſtyle, par laquelle il fut bien-toſt décelé, lorſqu'écrivant (1) fur des matiéres de Politique, il eſſaya de cacher fon nom & fa patrie. On y admiroit ce gé- nie noble, aifé, fertile, que l'une & l'autre Scéne fe difputérent à l'envi; & qui, fufcep- tible de toutes les formes diverfes, que la Poëfie & l'Eloquence ont inventées pour nous plaire & pour nous inſtruire, les prit toutes avec la mefme facilité, & avec un fuccès toûjours égal.

(1) Lettres d'un Suiſſe à un François, &c.

Académicien d'autant plus digne de vos regrets, qu'il eſtoit mieux entré dans les vûës de voſtre Fondateur, dont l'éloge, tant de fois recommencé, ne ſera jamais fini.

Mais que fais-je? Pourquoi réveiller ſi vivement la douleur, que vous cauſe la perte de Monſieur de la Chapelle? Par là, puiſqu'il faut l'avoüer, mon deſſein a eſté de vous diſpoſer inſenſiblement, MESSIEURS, à ſouffrir que je renouvelle bien d'autres playes : que je vous remette devant les yeux l'image de tant de grands hommes, autrefois vos confréres, dont les vertus ont eſté l'ornement de leur ſiécle, & dont les ouvrages ſeront l'admiration & l'inſtruction de la poſtérité.

Oui, j'ai foüillé dans les monumens de voſtre Hiſtoire, & j'ai oſé reprendre les traces du célébre Pelliſſon. Vous eſtiez, il eſt vrai, ſeuls capables d'égaler un ſi parfait original. Mais la plus fidelle Hiſtoire de l'Académie, je dis la plus fidelle & la plus ſimple, ne pouvant eſtre qu'un tiſſu de loüanges, qui vous deviennent perfonnelles à tous, une pudeur outrée ne vous permit jamais de l'écrire. Je vous eſtois inutile, ſi vous aviez eſté moins modeſtes.

Voſtre premier Hiſtorien, pour avoir trop bien réuſſi, ne vous en a fait que trop long-temps attendre un fecond. Pour moi, fans afpirer aux beautez qu'il emprunte de l'art, j'ai cru pouvoir me fouſtenir par la beauté mefme de mon fujet.

Quel fpectacle j'ai à préfenter ! Qu'il vous eſt glorieux ! Qu'il eſt confolant pour tous ceux qui ont le gouſt des lettres ! Un Roi, le meilleur, le plus puiſſant de nos Rois, fe déclare voſtre Protecteur. Mais ce nouveau titre, qu'il ne dédaigna pas d'hériter d'un fage Chancelier, dont vos Faſtes éterniferont la mémoire, le compta-t-il pour un titre frivole, qui ne lui impofoit point de nouveaux devoirs ? Vous le favez, il commença par vous ouvrir les portes de fon Palais; & dès lors ne ceſſant d'avoir les yeux attachez fur

vous, il animoit vos travaux, il fe faifoit inf-
truire de vos élections, il les examinoit avec
fcrupule, il prenoit à cœur les intérefts de
voftre Compagnie, il s'appliquoit à y mainte-
nir l'ordre & la difcipline. Tout cela, non
feulement au milieu d'une paix oifive, mais
lors mefme qu'il concertoit, qu'il exécutoit
fes plus grands deffeins.

Par combien de monumens le bronze & le
marbre conferveront-ils à ce Heros la gloire
que lui ont acquife les remparts foudroyez,
les provinces fubjuguées, les ligues diffipées,
cette foule d'événemens merveilleux, qui ont
fait éclater, parmi les variations de fa fortune, la conftance de fa vertu? Mais ce qu'il
a fait pour vous, MESSIEURS, ne vous laffez
point de le célébrer par des ouvrages plus du-
rables, & que le marbre, & que le bronze.

Après les bontez de LOUIS LE GRAND, fi
quelque autre chofe vous doit encore toucher,
n'eft-ce pas de voir les mefmes fentimens re-
naiftre dans PHILIPPE V?

Peu de jours avant fon départ pour Madrid, vous allaftes folennellement lui rendre vos hommages, & ce fut par l'organe de mon illuftre prédéceffeur. *Je vous charge*, lui répondit fa Majefté Catholique, *d'affurer* (2) *voftre Compagnie, que par tout où je ferai, je lui donnerai des marques d'eftime.* Pouvoit-elle, Messieurs, vous en donner de plus flateufes, que de regarder cette Académie comme un modéle digne d'eftre fuivi dans la Capitale de fes Eftats, pour achever de former le gouft d'un peuple, qui paroit avoir, plus que tout autre, toutes les difpofitions néceffaires à l'Eloquence: beaucoup de feu dans l'imagination, une grande élévation dans les fentimens, & je ne fais quelle dignité naturelle, jufque dans le caractére de fa langue?

Voftre Fondateur ne prévoyoit pas qu'en vous eftabliffant, il travailloit auffi pour l'Efpagne, pour une fiére rivale, dont l'abaiffement eftoit alors, & devoit eftre le princi-

(2) Regiftres de l'Acad. 23. Nov. 1700.

pal

pal objet de fa politique. Encore moins au-
roit-il prévû, qu'un jour elle demande-
roit des Rois à la France ; que fes Rois & les
noftres feroient un mefme fang, un mefme
cœur ; & que les doux liens qui les uniffent,
feroient enfin ferrez par des nœuds indiffolu-
bles, fous la Régence d'un Prince, dont la
fortune couronne tous les projets, parce que
la fageffe les forme, l'habileté les dirige, le
fecret les accompagne, la fermeté les fouf-
tient.

Mais l'Efpagne, MESSIEURS, n'a pas feule
profité de vos exemples. A peine ouvre-t-elle
fon Académie de Madrid, que le Portugal en
veut avoir une à Lifbone. Ainfi vous multi-
pliez-vous par des Sociétez polies & favantes,
qui, pour n'avoir pas toutes précifément le
mefme objet, ne laiffent pas de concourir
toutes au mefme but. Ainfi font chaffées de
proche en proche l'ignorance & la barbarie ;
car il ne faut qu'une de ces Sociétez dans un
Royaume, lorfqu'un grand Prince la pro-

B

tége , pour exciter dans tous les esprits cette noble émulation , qui fut toûjours l'aliment, ou pluftoſt le germe des beaux arts.

Jugeons-en par nous-meſmes. Qu'eſtions-nous avant voſtre eſtabliſſement ? Mais tel en a eſté le ſuccès , que d'abord l'envie de vous plaire devint la régle de quiconque eſtoit né avec des talens ; que cette ambition s'empara , & de la Ville , & de la Cour ; que dans un temps qui touche à la fin de voſtre premier ſiécle , elle n'a rien perdu encore de ſa vivacité ; que les plus hautes dignitez , & de l'Egliſe , & de l'Eſtat, croyent devoir au titre d'Académicien un nouveau luſtre ; que les Savans ne comptent pour rien les ſuffrages du Public , s'ils n'ont les voſtres ; que le Philoſophe , l'homme que la fortune n'a point vû à ſes pieds , ne rougit pas des démarches qu'il fait pour arriver juſqu'à vous ; & qu'enfin , des Grands aux petits , de la Capitale aux provinces , il s'eſt fait , ſi j'oſe ainſi parler , une circulation de goust, de literature, & de politeffe, dont vous eftes le centre.

Aujourd'hůi donc, fi nous avons découvert que noftre langue poffedoit des tréfors inconnus à nos ayeux : fi les écrivains que vous avez produits, ont fait voir qu'elle pouvoit eftre noble & abondante dans les difcours Oratoires, précife & claire dans le Dogmatique, grave & fimple dans l'Hiftoire, énergique dans la Satire, vive dans l'Epigramme, hardie dans l'Ode, majeftueufe & pathetique dans la Tragédie, naïve dans la Comédie, dans la Fable, & dans l'Eglogue : fi la délicateffe, fi la jufteffe de nos écrits a influé mefme fur nos fentimens, & fur nos mœurs : fi par nos livres nous avons rendu noftre langue chére aux étrangers, à ceux-mefme qui nous aimoient le moins : fi, avec noftre langue & nos livres, nous avons introduit chez eux nos modes & nos goufts : admirons dans une révolution fi prompte ; admirons l'ouvrage du fameux ARMAND, &

bien plus encore de voftre troifiéme Protecteur, fous le régne de qui d'heureux génies
ayant efté fufcitez du Ciel, & cultivez par
vos exercices, les beaux arts ont fait parmi
nous plus de progrès en moins de foixante
ans, qu'ils n'en avoient fait jufque-là depuis
l'origine de la Monarchie.

Que vous refte-t-il, MESSIEURS, qu'à défen-
dre l'héritage de vos péres ? Qu'à préferver ,
dis-je, une langue qu'ils ont portée à fa per-
fection, du trifte fort qu'éprouva celle de Ci-
céron & de Virgile, lorfqu'elle fut maniée par
des Sénéques, & par des Lucains ?

Tels que d'habiles Confpirateurs , qui
pour fapper les fondemens d'un Eftat, fe con-
cilient la multitude par des vertus apparen-
tes, ou par des vices aimables. Tels, dans
l'empire de l'Eloquence, parurent ces dange-
reux écrivains , qui amenérent leur fiécle à
recevoir le faux pour le vrai, le brillant pour
le folide, l'ombre pour le corps. Ils n'abu-
foient, ce femble, de l'efprit, qu'en faveur

de l'efprit mefme. Ils n'étouffoient la nature,
que fous prétexte de vouloir l'embellir. Avec
moins de génie qu'eux, leurs élèves furent
moins heureux à les imiter dans le bon, &
plus hardis à les furpaffer dans le mauvais.
On ne vit que métaphores énigmatiques, an-
tithéfes forcées, tours fauvages, mots fabri-
quez, ou alliez témérairement. Plus de ces
graces, dont la fimplicité charme la raifon.
Plus de ces fentimens, que le cœur produit,
& qui vont au cœur. On jetta dans la Profe
le feu de la Poëfie. On affujétit la Poëfie au
flegme de la Profe. Qu'arriva-t-il enfin ?
Qu'une langue fi belle & fi regulière fous
Augufte, mais altérée depuis, mais corrom-
puë par un excès d'affeterie, fe perdit, & dé-
genera en jargon.

Augurons mieux de la noftre, puifque vous
eftes, Messieurs, les arbitres de fa deftinée.
Toutes fes richeffes, ou acquifes, ou fi con-
fiderablement accruës par les travaux im-
mortels de vos anceftres, font entre vos mains.

Précieux dépoſt, que la France vous confie, & qui ſera inviolable au moins dans cet azyle, ſous les yeux d'un Monarque jeune encore, mais l'eſpoir des Muſes, auſſi-bien que de ſes peuples. Déjà, & dans un âge pour qui elles ont peu d'attrait, il ſait à quel rang elles vous élèvent. Déjà, pour marquer combien vous lui eſtes chers, il eſt venu honorer de ſa préſence une de vos aſſemblées : guidé par un Prélat, dont le glorieux miniſtere, dont le mérite nous rappelle ici le ſouvenir des Péréfixes, des Boſſuets, des Fénelons; & qui, parmi les vertus de LOUIS LE GRAND, qu'il a retracées dans le cœur de ſon auguſte diſciple, n'a pas oublié le zéle, diſons mieux, la tendreſſe pour l'Académie.

*APRÉS QUE MONSIEUR*
*l'Abbé* D'O L I V E T *eût achevé son Discours,*
*Monsieur l'Abbé* DE C H O I S Y, *Doyen de l'Aca-*
*démie, répondit.*

ESSIEURS,

Je croyois que la qualité de voſtre Doyen,
& trente-ſix ans d'Académie, me devoient
exempter à l'avenir de tous les travaux Aca-
démiques. Je me repoſois à l'ombre de vos
lauriers, perſuadé que dans l'occaſion cha-
que Académicien souſtiendroit dignement ſans
moi, l'honneur de la Compagnie.

L'amitié, MONSIEUR, dont vous m'avez
toûjours honoré, a excité en moi, a dompté
la pareſſe de l'âge : voſtre vuë m'anime, &
je n'ai pu réſiſter à la penſée flateuſe de vous
couronner de ma main. Le ſouvenir tendre
de Monſieur l'Abbé de Dangeau, dont la
mémoire nous ſera toûjours précieuſe, qui

vous eſtimoit, qui vous aimoit, me donné du courage; & ſi les morts ſont encore touchez de ce qui ſe paſſe parmi les vivans, il ne ſera pas inſenſible à ce que je fais aujourd'hui pour vous, puiſqu'il l'euſt fait lui-meſme, ſi la Providence nous l'euſt laiſſé encore quelque temps.

C'eſt à vous, Monsieur, à bien garder la réputation, que vous vous eſtes acquiſe par vos ouvrages. Vous en avez entrepris un capable d'étonner le génie le plus aguerri. Continuer l'Hiſtoire de l'Académie, ſi bien commencée par M. Pelliſſon, quelle entrepriſe ! Nous ſommes dans la confiance : vous ſentez vos forces.

Venez donc, Monsieur, travailler avec nous à la gloire du Roi noſtre Protecteur, & à l'embelliſſement de la Langue Françoiſe. Vous y eſtes plus obligé qu'un autre : nous vous avons élu en voſtre abſence. Abſence à la verité digne de loüanges, puiſqu'elle eſtoit cauſée par la maladie preſſante de Monſieur voſtre

voſtre Pere, & que vous n'avez ſongé aux honneurs, qui vous attendoient ici, qu'après avoir rempli tous les devoirs d'un bon fils. Venez : l'aſſiduité à nos aſſemblées groſſira bien-toſt le tréſor de ſciences, que vous vous eſtes déjà fait.